신길우 제2시집

초록꽃

신길우 제2시집

초록꽃

초판인쇄 / 2019년 2월 21일
발행인 / 이일녕
발행처 / 이얼출판사
주소 / 경기도 가평군 설악면 한갑골길 47-13
출판등록 / 제2017-000003호
ISBN / 9791196066048(03810)

제2시집

초록꽃

신길우

이얼출판사

차례

전편

휘파람

늦가을 오후에 둘레길의 비탈길을 오른다
다리에 힘이 없어서 천천히 걷는다
뒤따라오던 사람들이 앞질러간다
날씨가 좋다는 인사말을 건네 본다
그렇네요, 라는 응댓말을 듣는다
또 다시 말을 걸어 본다
더 이상 대꾸 없이 멀어져 간다
나 홀로 뒤쳐진다
숲길의 상쾌한 느낌을 함께할 사람이 없다
산새들이 가랑잎을 밟고 다니는 소리만 바스
락거린다
내 기분을 산새들이라도 알아주면 좋겠다
조용히 휘파람을 불어 본다
갈바람에 메말라 가는 나뭇잎들이 살랑댄다.

어느 자연인의 기다림

날마다 빈 새장의 문을 열어 놓고 기다립니다
당신이 한 마리의 새가 돼 날아올 것 같습니다
사람이 죽으면 새가 되는 것을 믿습니다
지난 봄 어느 날 아침 잠자리에서 일어났을 때
당신의 모습이 보이지 않아서 찾아 헤매다가
집 앞 연못에 빠져 있던 당신을 보았습니다
그 연못 속 새우들을 그물망으로 잡아서
우리가 키우던 고양이의 먹이로 주곤 했는데
아침부터 당신은 그 그물망을 건져 올리려다
그만 연못에 빠져서 헤어 나오지 못했습니다
내 무너진 억장 속에 당신을 묻었습니다
당신이 죽으면 새가 되고 싶다던 말
내 귀의 고막을 핏빛보다 더 붉게 물들여서
오늘 밤 두견새의 울음소리를 듣고 있습니다
새 날이 밝으면 방문 앞에 걸어 놓은 새장 속
당신의 모습이 거짓말처럼 보일 것 같습니다.

고라니의 사랑

초하의 비가 그치는 버찌산 진흥길을 걷다가
고라니 두 마리가 도망치는 것을 보았다
고즈넉한 숲속에서 사랑하던 한 쌍이
인기척에 놀란 모양이었다
그렇게 사랑은 들통나면 도망을 가야 하는 것
본래 은밀히 나누는 것인가?
그것들이 어떻게 생겼는지 궁금하여
여기저기를 두리번거리며 찾아봤지만
그 모습은 보이지 않았다
사람이 무서웠던가 보다
나는 뱀이 나타날까봐 두려웠다
까닭 없이 생명이 생명을 경계한다
고라니의 못 다한 사랑이
싸리꽃잎마다 영롱하게 빛나고 있었다.

뱀

나의 뱀에 대한 두려움은
죽더라도 없어지지 않을 것이다
누구나 살다 보면
싫던 것이 좋아질 때가 있고
좋던 것이 싫어질 때가 있으며
무섭던 것이 외경스러울 때가 있고
외경스럽던 것이 무서울 때가 있게 마련인데
나의 뱀에 대한 두려움은
죽어도 불변할 것 같다
어렸을 때 들일을 하던 아버지의 심부름으로
논두렁길을 따라서 달려가다가
앞을 가로질러 가던 뱀을 밟을 뻔했다
그때의 소름 끼치던 두려움이
평생토록 변하지 않은 편견이 됐다
요즘의 아이들은 뱀 장난감을
아무런 꺼림이 없이 가지고 놀고

별스러운 취미가 있는 사람들은
그것을 애완용으로 키우고 있다
그들에게 뱀에 대한 두려움이 없는 것은
내 경험과 같은 편견이 없기 때문인가
나도 뱀에 대한 무서운 생각을 버리고
아름다운 곡선이라고 찬양은 못 하더라도
문득 이전에 증오했던 사람이 그리워지듯이
그것이 안 무서울 수 있으면 좋겠다
뱀이 혀를 날름거리는 소리처럼
가로수를 스치는 바람소리가 스산한 저녁
추적추적 비도 내리고 있어서 우울한 밤
네온사인이 화려하게 빛나는 도심에서
꽃뱀의 유혹이라도 받아 보고 싶다.

루드베키아

유월의 숲속에 노랗게 피어 있는 목이 긴 꽃
제대로 자라지 못한 해바라기가 아니라
아무리 기다려도 돌아오지 않은 사랑을 기다
리는 임바라기다
북아메리카의 서부 개척시절에 인디언 마을을
점령한 백인 군대
젊은 장교가 인디언 처녀와 사랑에 빠졌다
그가 동부에 있던 상관에게 결혼을 허락 받으
러 갔다가
왠지 모르게 영원히 돌아오지 못했다
처녀는 기다리다 죽어서 루드베키아로 피었다
그녀가 죽도록 기다려도 돌아오지 않은 사랑
을 찾아서
이 땅의 둘레길산 숲속까지 찾아와 피어 있는
임바라기
자갈색 관상화는 인디언 처녀의 얼굴이다

그 샛노란 꽃잎이 애처로운 숲속에
휘파람새의 울음소리만 청아하다.

젓가락

하루 삼시 세 끼 식사를 할 때마다
밥상 위에 놓이는 젓가락이 한 쌍이다
내가 밥을 먹으며 젓가락질을 할 때면
이제는 멀어져 버린 사랑이 그립다
나에게도 그런 때가 있었다
날마다 우리도 서로가 붙어 다녔다
핑크빛 스카프 자락과 웃음소리를 바람에 날
리며 공원을 거닐었고
극장에서 나란히 앉아 서로의 손을 잡고서 영
화를 봤으며
포장마차 삼십 촉짜리 전구의 불빛 아래서
못 마시는 술잔을 부딪치기도 했다
그때 그녀와 나는 행복을 집던 젓가락 두 짝이
었다
지금은 나 혼자 밥을 먹으며
젓가락 한 짝으로 깍두기를 찍어서 입 속에 넣

는다

　다른 한 짝이 식탁 아래로 떨어져 손이 닿지
않기 때문이다

　오랫동안 냉장고에 넣어 두었던 깍두기가 시
큼하다

　한 짝의 젓가락만으로 알콩달콩은 집어 먹을
수 없다.

사랑의 자유

누구든지 애꾸눈은 불편하다
한 쪽의 귀가 들리지 않아도 마찬가지이고
한 쪽의 콧구멍이 막혀도 답답해서 못 견딘다
사람은 두 눈이 잘 보여야 되고
또한 두 귀가 잘 들려야 불편하지 않고
두 콧구멍으로 숨을 쉴 수 있어야 자유롭다
삶도 마찬가지이다
남자나 여자만으로는 절름발이의 삶이다
남자만의 삶은 등대 없는 밤바다 위의 배
여자만의 삶은 방향을 알 수 없는 사막의 바람
이다
남자와 여자가 맺어지지 못하면
사랑도 자유롭지 못하다
남자 혼자만으로
여자 혼자만으로도
짝사랑은 애꾸눈처럼 부자유스럽다

수술만 있거나
암술만 있는 꽃은 향기가 없다.

거짓말

서울의 도심에서 거짓말이 살인을 저질렀다
총격을 가하거나 칼을 휘두른 것은 아니다
지난 번 총선에서 후원금을 받은 사실이 없다
던 거짓말이
특별검찰팀에서 불법자금 수수혐의로 포착된
국회의원이 아파트 십칠 층에서 투신했다

한때 내가 사랑한다고 고백했던 거짓말이
한 소녀의 가슴에 못을 박고 피를 흘리게 한
적이 있다
그 거짓말은 내가 죽을 때까지 못 잊을 그리움
의 천형이 되었다
그것은 살인을 저지른 거짓말보다도 잔인하다
더 이상 사랑하지 못하고 외로움으로 시들게
한다.

백열전구

여명이 밝아 오기 전 칠흑 같은 어둠 속
하늘마을 판잣집 방 안의 천장에 매달려 있는
수명이 다한 백열전구가 깜박거린다
창틈으로 불어드는 바람에 흔들리며
필라멘트가 끊어졌다 이어졌다 한다
새벽잠을 깬 초등학교에 다니는 철수가
단짝인 예쁜이에게 러브레터를 쓰려고 책상머
리에 앉았는데
전깃불이 깜박거리고 있어서 한 줄도 못 쓰고
가슴만 콩닥거리고 있다
뒷집의 개집에 매여 있는 천둥이 그렁거리고
천지간에 쏟아지는 폭우의 소리가 홍수다.

어떤 소망

내가 운전을 시작한 지 두 달밖에 안 됐지만
아직도 운전을 할 줄 모른다면
아침마다 출근할 때 집에서 가깝지 않은 정류
장까지 걸어가서 버스를 기다리고
저녁에 퇴근할 때에는 아침에 기다렸던 정류
장까지 버스를 타고 와서 내린 다음에
가로등도 없는 어두운 길을 걸어서 귀가해야
될 것이다
휴일에는 하루 종일 방 안에만 있어야 할지도
모른다
이따금 마트에 가야 할 때에는 큰맘을 먹고 갔
다 와야 할 것이다
어느 새 늙어 버린 초로이지만
작년에라도 운전면허증을 따기를 잘했다
이곳처럼 교통이 불편한 시골에 와서
조금이라도 편하게 살려고 면허증을 딴 것은

아니다

  지금까지 내 가족이 살고 있는 오키나와에 갈
때마다

  아내가 운전하던 차를 타고 다녔는데

  더 이상 그녀가 운전을 할 수 없게 된 까닭에

  뒤늦게나마 운전학원에 등록하여 도로주행에
서 한 번을 불합격하는 등

  이런저런 우여곡절을 거쳐서 면허증을 취득하
게 되었다

  이다음에 오키나와에 가면

  뇌졸중 수술을 받은 이후로 건강이 예전 같지
않은 아내를

  옆 자리에 태우고 섬 전체를 일주할 것이다.

초록의 계절

오늘 점심때 사무실에서 같이 일하는 사원들과 회식을 하게 되었다

두 대의 승용차에 나눠 타고 신록이 짙어 가는 산자락을 따라 난 길을 달려서

초록물감이 흘러내리는 산골짜기의 마당이 넓은 한옥에 도착했다

그런 곳까지 사람들이 어떻게 알고 찾아온 것인지

마당에는 주차할 곳이 없을 정도로 차들이 들어차 있었다

한때는 부자가 살았을 것 같은 집이었다

두세 칸 넓은 방 안에 손님들이 붐비고 있었다

우리는 삼 번의 순번을 받고

마당에서 푸르른 주위의 풍경을 둘러보며 빈자리가 나기를 기다렸다

우리 차례가 돌아와 들어가 앉은 옆자리에 중

년 여자들 댓 명이 둘러앉아 낮술을 곁들인 식사를 하면서

풋풋한 취담을 나누고 있었다

곧 우리 식탁에도 녹두전과 산채들이 올라왔다

잠시 후 옆자리의 여자들은 식사를 마치고 자리를 떴다

우리는 그들의 식탁 위에 얹혀 있는 막걸리의 빈병을 보면서 험담을 내뱉었다

남편이 회사에 출근하고

아이들까지 학교에 등교하면

저렇게 여자들은 몰려다니며 헛짓들을 하기도 한다고……

우리도 산채비빔밥과 수육으로 식사를 마친 후

회사로 돌아오면서 들른 커피숍 계산대 위에

한 묶음의 두릅이 놓여 있었다

　나와 함께 간 사람들이 그것을 사 먹어 보라고 강권했다

　나는 못 이기는 척 사 와서 냉장고에 넣어 두었다

　내일이라도 그것을 데쳐서 먹으면 온 몸이 초록으로 물들 것이다.

초록꽃

새파란 하늘인가, 초원인가?
하늘과 초원의 빛은 다르다
파란 바다인가, 신호등인가?
바다와 신호등의 불빛도 같지 않다
항상 시몽은 새파란 하늘 아래 펼쳐진
새파란 초원 위에 그림 같은 집을 꿈꾸고
파란 바다로 건너가는 길가에 서 있는
신호등이 파란 불로 바뀌었다고 말한다
초록의 계절에도 초록빛 꽃은 피지 않는다.

춘야월

오늘 저녁에 무엇을 잘못 먹었는지
소화가 되지 않고 속이 더부룩하다
차라리 토해 버리면 시원할 것 같은데
목구멍으로 손가락을 집어넣어 봐도
헛구역질만 꾸역꾸역 나온다
논 개구리들의 합창이 우렁차고
앞산의 고라니가 세레나데를 부르는 밤
백지 위에 시 한 편을 토하고 싶어도
내 속에 뭉쳐 있는 것은 시가 아닌지
백지 위에 드러누운 볼펜이 일어날 줄 모른다
오늘 저녁에 무엇을 잘못 먹었는지
곰곰이 잘 생각해 보라고
창문에는 달빛이 대낮처럼 환하다.

여름

병원에서 주사를 맞으며 울던 어린아이
엄마가 아이스크림을 먹으러 가자는 소리에
언제 울었냐는 듯 울음을 그치고
콧노래를 흥얼대며 주사실을 나간다
탈수증상으로 침대에 누워서
팔에 링거의 주사바늘을 꽂고 있는 늙은이
주름진 얼굴에 피어 있는 검버섯에서
바닐라 향기가 피어오른다
창밖에 만개한 해바라기 한 송이 서 있다.

구름

낮잠을 깨 보니 창밖의 하늘에
양떼구름이 몰려가고 있었다
가방 속 카메라를 꺼내서
감도와 화이트밸런스만을 조정하고
셔터를 몇 번이나 눌렀다
차츰 양떼구름은 흩어지더니
다른 모양의 구름들로 뭉쳤다
덧없는 구름의 모양이다
양떼구름이 됐다가
조개구름이나 새털구름이 되기도 하고
산마루에 뭉게구름으로 피어오르기도 한다
이런저런 모양의 구름으로 떠돌다가
아무런 흔적도 없이 흩어지면
빈 하늘만 파랗게 남는다.

비 오는 날

비 오는 날에는
온 세상이 차분하게 가라앉는다
매화를 시작으로 개나리 벚꽃 진달래와 철쭉
이 피고 지면서
종달새보다 들떠 있던 세상이 숲속으로 내려
앉는다
산새들은 나뭇잎의 자장가에 잠들고
꽃이 진 가지마다 좁쌀만한 열매들이 맺힌다
서울을 벗어나 설악면에 살고 있는 사람도
일상의 상념들이 미세먼지와 뒤섞여 떠돌다가
오늘처럼 하루 종일 비가 내리는 날이면
빗방울에 엉겨서 떨어지는 허망을 이끼 속에
묻는다
청솔모 홀로 나뭇가지를 오가며 분주하다.

숲속의 빗소리

숲속의 빗소리는 왈츠의 화음이다
산새의 깃털에 내리는 빗소리는 낮은 도
산딸기에 내리는 빗소리는 레
천인국 꽃잎에 내리는 빗소리는 미
칡넝쿨의 잎에 내리는 빗소리는 파
갈참나무의 잎에 내리는 빗소리는 솔
풀잎에 내리는 빗소리는 라
땅에 쌓인 낙화에 내리는 빗소리는 시
옹달샘에 내리는 빗소리는 높은 도이다
레파솔 솔라미 파솔도……
이따금 산들바람이 불어오면
까치가 지휘봉을 휘저으며
나뭇가지들 사이로 분주히 오간다.

숫맴이의 추억

맴이의 울음소리가 뭉크의 절규보다 애절하다
오 년 이상 땅 속에서 살다가
여름철 한 달도 허락되지 않은 생명으로
사랑을 갈구하는 세레나데
하늘이 새파랗게 물들었다
절규보다 애절하게 갈구하던 사랑은 잠시
백 년만의 폭염에 시든 나뭇잎이 떨어진다
숫맴이에게는 사랑을 추억할 수 있는 시간이
없다
(암맴이는 알을 낳을 때까지 추억하다 죽는다)
천형인 그리움도 한 순간의 바람이 될 뿐이다.

노래의 마력

본의 아니게 생전 처음으로 합창연습에 동참
해 본 후
며칠 동안 꿈속에서도 멜로디와 가사를 흥얼
거렸다
반평생 출판사의 편찬실에서 문장을 정리하며
하루 종일 말 한 마디도 안 하고 지내는 날들
이 많았는데
태양님의 만찬에 초대를 받은 동료들 몇 명이
우리의 성의를 표시하자고 의기투합해
이틀 동안 '남산에 올라'를 연습했다
한두 번밖에 연습하지 않아도
1절과 2절뿐만 아니라 후렴까지
멜로디까지 머리와 가슴 속에 기억됐다
처음에 메모지에 베껴 적은 가사를 보면서
다른 사람들을 따라서 입을 벙긋거리다가 기
억하게 됐다

그렇다고 무엇이든지 잘 기억할 수 있을 만큼
내 기억력이 좋은 것은 아니다
이제는 늙어서 우둔해진 지 오래이다
그런데 이상했다
결코 단순하지 않은 가사와 멜로디가
한두 번 연습으로 기억되다니……
인류의 조상이 사냥을 하면서 집단으로 외치
던 멜로디 중에서
공통된 음들이 연결돼 단어가 되고 언어가 됐
다는 말
사람의 감정에 호소하는 노래의 마력은
원초부터 사람과 사람을 이어 주던 역할에서
비롯된 것이라는
신문 칼럼니스트의 주장에 출구가 보였다
동굴 앞 초원으로 창을 쳐들고 달려가는
원시인들의 함성이 끝없이 들려왔다.

변덕심

  지난번 커피숍에 들렀을 때에는 바닐라라떼를
마셨다
  바닐라의 향과 단맛에 반해서
  이후로 그 커피만을 마시고 싶었다
  그때까지는 카푸치노를 마셨다
  크림 같은 우유 거품에
  에스프레소의 맛이 감미로웠다
  그 맛을 알기 전까지는 아메리카노를 마셨다
  한약 같은 맛이었지만
  다른 커피의 맛을 알지 못해서
  커피숍에 들릴 때마다 그것을 마셨다
  내일은 올 가을의 마지막 날인 입동이다
  괜스레 들러 본 커피숍의 창밖에 낙엽이 휘날
린다
  오늘은 코코넛라떼를 마셔 보고 싶은 것
  내 마음이 갈색으로 물드는 탓이다.

편찬실 컴퓨터의 하루

출판사 편찬실 책상 위 컴퓨터
아침마다 출근하는 직원이 파워버튼을 누르면
본체의 팬을 웅웅거리며 하루를 시작한다
그가 마우스를 딸깍거리는 대로
모니터가 밝아 오고 검색창이 뜬다
곧이어 간밤의 뉴스들이 즐겨찾기에 등록된
순서대로 클릭되고
한두 개의 뉴스들이 열렸다 닫힌다
하루의 일거리가 저장된 파일이 열리면
편집을 기다리는 문장들이 나열된다
대여섯 페이지의 편집이 끝나면 점심시간
컴퓨터의 휴식시간이다
또 예닐곱 페이지의 편집이 마무리되면 퇴근
시간이다
컴퓨터의 시스템은 종료되지만
모니터가 쉬 꺼지지 않는다

컴퓨터의 아쉬움인가
이후로 침묵한다
밤새도록 꿈도 꾸지 않는다
하루가 먼지 알갱이들로 뿌옇게 내려앉는다.

빨강볼펜

가끔씩 보이는 모나미153 빨강볼펜이 무섭다
검정볼펜과 육각형의 하얀색 몸통은 다름이
없지만
펜촉캡과 노크만 빨간색이어서 더 겁난다
출판사에 입사해 책 만드는 일을 배우던 시절
내가 정리한 문장이 빨갛게 수정돼 돌아올 때
일을 제대로 하라는 질책까지 듣게 될 때마다
내 모든 자존심이 무너져 내렸다
그때의 나에게는 자존심밖에 없었다
그것이 무너져 내릴 때
어쭙잖은 희망도 무너져 버려서
아득한 절벽 위에서 뛰어내리고 싶었다
요즘은 컴퓨터의 모니터에서 문장이 정리되기
때문에
빨강볼펜으로 교정된 수정지를 보기는 드물다
그래도 가끔씩 프린터로 출력하여 교정할 경

우가 있어서

　출판사 편집실의 책상 위에 빨강볼펜이 보일
때가 있다

　그때마다 여전히 자존심밖에 없는 생의 밑바
닥이 내려앉는다

　옛날이나 다름이 없는 모나미153 빨강볼펜은
　문장을 교정하는 사람에게 공포의 대상이다.

자존심

罔談彼短
靡恃己長

내가 쓴 시를 가장 잘 썼다고 생각한 적 있다
노벨문학상 수상시인의 시도 별것 아닌 것 같
았다
그때는 그런 교만이 삶의 엔돌핀이었다
그 자존심이 없었으면 시들어 버린 풀잎이 됐
을 것이다
시뿐만 아니었다
무엇을 하든지 간에 내가 최고였다
다른 사람들을 바보처럼 생각했다
누구의 앞에서든지 으스대며 자만했다
그래서 성공하지 못하고 실패했다
어느 누구도 나를 좋아하지 않았다
그렇게 외로운 길을 너무 먼 곳까지 와 버렸다

주위에 아무도 보이지 않는다
다른 사람의 단점을 말하지 말고
내 장점을 믿지 말아야 될 것이다
어쭙잖은 자존심까지 버리지 않으면
외로움조차 나를 떠나버릴지 모른다.

까치 소리

까치는 전령이다
아침부터 우리 집 앞의 나무 위에서 울고 있는
까치 소리가 반갑다
방울새 되지빠귀 뻐꾸기의 소리보다
까치 소리가 더욱 반갑다
까치가 울면
반가운 손님이 찾아온다는 말을 들은 적 있다
오늘 아침에 까치가 울어 주니
오랜만에 전화해 주는 사람이라도 있을랑가
휴대폰을 충전한다
이런저런 얼굴들이 떠오른다
이미 그 동무들이 찾아와서
하루의 시작이 즐거운 소풍이다.

얼굴

거울 속 얼굴이 치밀하게 구상된 조각품이다
한여름의 태양 빛과 엄동설한의 추위로부터
두뇌를 보호하기 위한 머리카락
(앞머리가 빠져 버린 모습이기는 하지만)
이마에서 흘러내리는 땀방울이 눈 속으로 들
어가지 못하도록 막아 놓은 둑 같은 눈썹
또 미세먼지가 눈 속으로 들어가지 않도록 쳐
놓은 그물망 같은 속눈썹
눈물이 흐를 때 입 속으로 들어가지 못하게 패
어 있는 팔 자 주름
또한 코 안으로 먼지가 들어갈 수 없도록 우거
져 있는 털
속마음이 말로 표현돼 나올 때 어긋나지 않도
록 일치되는 위아래의 두 입술
그리고 우레와 같은 소리도 조정돼 들릴 수 있
게 골짜기를 이루고 있는 귀……

참으로 거울 속 얼굴은 기묘하게 구상된 걸작
품이다
그 조각가가 누구인지 궁금하다.

안경

안경은 내가 세상과 멀어지고 있다는 사실을
알지 못하게 한다
십여 년 전 주위의 모든 것들이 가물대고
두 눈이 침침할 때
우연히 길거리 노점상의 안경을 써 보고
새롭게 다가오듯 또렷해지던 세상이 반가웠다
이후로 나는 안경을 맞춰 쓰고
세상과 재회한 연인처럼 다정하게 살아왔는데
또다시 모든 것이 가물거린다
새롭게 안경을 맞춰야 할 것 같다
결국 우리의 관계도 토라진 연인처럼 멀어지
는 날이 오겠지만
그때까지는 내 눈에 안경을 맞춰 가면서
세상이 내 옆에 있다는 착각으로 살아야 할 것
같다
거울 속 안경을 쓴 눈이 우울하게 커 보인다.

야구경기

프로야구팀 A팀과 B팀의 경기
스코어 1대 3으로 9회 초 무사만루
홈으로 3루와 2루의 선수들만을 불러들여도
동점이 될 수 있는 상황이다
타석의 4번 선수가 잘 친 공이
마운드를 가로질러 홈런인 듯 날아가다가
중견수 수비수의 글로브 속으로 빨려든다
일제히 환호하며 기립하던 관중들이
갑자기 양손으로 얼굴을 감싸며 주저앉는다
잠깐 숨죽이고 있던 상대편 관중석에서는
우레와 같은 박수갈채가 쏟아진다
야구경기에서는 한 쪽의 환희가
다른 한 쪽의 절망이 된다
양 팀의 선수와 관중들이
다 같이 기뻐할 수는 없다
이제 원아웃이니까

환희와 절망이 뒤바뀔 기회는 있다.

요즘의 사람들

요즘에 사람들의 눈 속을 들여다보면
버려진 전답에 잡초가 무성하다
재작년에 일인출판사를 창업하여
미리 준비했던 원고를 교정하고 편집해서
나 혼자 표지까지 디자인한 책을 네 권이나 출
판했다
총판과 위탁판매계약을 맺고
판매를 위탁한 세 권 중에서 한 권을
종합쇼핑몰에서 인터넷 미디어의 배너광고로
띄웠다
그렇게 광고된 책이 몇 권이나 판매됐는지 궁
금했다
총판에 휴대폰으로 문자를 보냈더니
책이 너무 안 팔린다면서
그 소설책은 열 권이 판매됐다는 회신이 돌아
왔다

설마, 하는 의구심이 없었던 것은 아니지만
요즘에 사람들이 책을 읽지 않는다는 사실은
분명한 것 같다.

시

내 시는 오감의 똥이다
변기에 한 시간 동안 앉아 있어도
변비 때문에 안 나오는 똥이지만
똥을 누지 않으면
장이 불편해서 견디지 못한다
하루에 삼시 세 끼뿐만 아니라
주전부리까지 먹기만 하고
똥을 못 누면
나중에 장이 터져 버릴 것이다
사람이 입으로만 먹고 사는 것은 아니다
눈 코 귀와 촉감까지 포함하여
날마다 오감으로 먹고 산다
그렇게 오감으로 먹고 살면서
변비에 걸린 사람처럼 똥을 못 눈다
며칠 동안 장의 불편함을 참고 있다가
결국 복통을 못 참고 변기에 앉아서

이마에 진땀이 맺히도록 애를 써 본다
드디어 항문이 열리고
똥 덩어리 하나가 빠진다
변기 속에 떨어져 있는 똥 빛이 황홀하다.

라면보다 맛있는 시

최근 며칠간 매일 시 한 편씩을 쓸 수 있는 행
운을 누렸다
하루 종일 볼펜으로 첨삭하며 나름대로 완성
한 시를
저녁에 컴퓨터에 입력할 때 행복했다
오늘은 밤늦도록 시상도 떠오르지 않는다
컴퓨터의 새까만 모니터에 미안하다
서운섭섭함을 달래려고 라면을 끓인다
대파와 청양고추를 썰어 넣고 계란도 풀어서
후후 뜨거운 면발을 불며 라면을 먹는다
맛있게 끓인다고 끓인 라면의 맛이 별로이다
오늘은 시를 쓰지 못했기 때문이다
시가 라면보다 맛있었던가
내일은 라면보다 맛있는 시를 맛보고 싶다.

김치찌개의 맛

一切法不生
一切法不滅
若能如是解
諸佛常現前

집에 돌아가 밥 해먹기 귀찮은 날 저녁에 들른
길가의 분식집
　어떤 스님의 보시문이 벽면에 붙어 있었다
　처음에는 '멸'이라는 말이 '생'을 전제로 하기
때문에
　만약 '생'이 없으면 '멸'도 없는 것인데
　그렇게 당연한 말을 모르는 사람이 어디에 있
다고
　불생불멸을 알면 모든 부처가 나타난다는 거
창한 말을
　그렇게 식당의 벽에 써 붙여 놓았는가 하는 의

구심이 들었다

　먼저 '생'이 있어야 '멸'이 있다거나 없다는 말을 할 수 있는데

　만약 '생'이 없으면 '멸'도 있을 수 없는 당연한 말을

　스님이 괜한 수고를 해서 벽에 써 붙여 놓았다고 생각했다

　혹시 그 스님이 '생'을 '불생'으로 잘못 쓴 것은 아닌가 하는 생각도 들었다

　내가 주문한 김치찌개가 나올 때까지 그 글을 보고 이런저런 생각을 해 보게 됐다

　그 식당의 김치찌개를 맛보기 전에는 그 맛을 알 수 없었다

　불미불멸不味不滅이었다

　막상 김치찌개를 먹어 보니

　'생'과 '멸'의 사이가 맵기만 했다.

휴전선

한반도의 남북으로 장마전선이 오르락내리락
하면서
며칠 동안 비가 내렸다 그치기를 반복한다
오호츠크해의 차고 습한 고기압의 세력이 약
해지고
일본 남쪽 해상인 오키나와 섬 이남에 머물러
있던
북태평양 고기압의 세력이 강화돼 북상하여
어제도 많은 비가 내려서
우산을 쓰고 외출했지만
바짓가랑이와 양말을 흠뻑 적신 채 귀가했다
오늘도 하늘은 흐리지만 비가 그쳐서
들길의 양쪽에 풀꽃들이 고개를 들고 있다
칠십 년 정체된 채 때때로 피눈물을 뿌려 온
한반도의 허리에 걸쳐 있는 휴전선은
얼마나 더 오래 머물러 있을 것인가?

최근에 비핵화를 실현한다면서

남북한과 주변국 수뇌들의 회담이 있었다는

데……

장마가 그치고 말갛게 개는 하늘을 보고 싶다.

지난해 여름의 속삭임

지난해 여름이 죽음을 속삭였다
기상관측사상 가장 무더웠다던 폭염 속
비탈길을 오르다가 식은땀을 흘리고
평소의 고혈압이 80mmHg까지 낮아져
구급차로 병원의 응급실에 실려가
식염수 링거를 맞으며 혼미했다
수년 전 수술한 치질이 재발하여
화장실에서 핏덩이를 쏟았다
아스라해진 원기를 회복해 보려고
노을에 물들어 거닐어 본 숲길
풋밤송이들이 떨어져 뒹굴었다
그 속에 생기다 만 밤알이 앵돌았다.

어떤 회상

　이사를 오기 전 살던 동네에서 목욕하러 다니
던 불가마
　그 온천랜드에 다시 한 번 가 보고 싶다
　거기에 내가 일 년쯤 가 보지 못했다고
　아무것도 달라진 것은 없을 것이다
　지금도 그곳의 사우나실에서는
　머리에 든 것이 뱃속으로 흘러내리고 있는
　중년의 남자가 모래시계를 뒤집고
　열탕에 들어앉은 노인은 시조를 중얼대고 있
을 것이다
　폭포탕에서는 아이들이 물장난을 하면서 떠들
고 있을 것이며
　한가한 때밀이가 아이들에게 조용히 하라고
고함을 내지르고
　비치배드 위에서 잠든 사람은 얼굴을 찡그리
며 돌아누울 것이다

그곳에 목욕하러 다니다가 더 이상 못 다니게
된 이후로
  다시 한 번 가 보고 싶어 하는 사람이 나뿐만
은 아닐 것이다
  그곳에 처음으로 목욕하러 온 사람들도 있을
것이다
  어디든지 새로운 사람들이 찾아들고
  그 환경에 적응했던 사람들이 떠나게 된다
  인간세상이 그런 곳이다
  날마다 새로운 생명들이 태어나고
  또 떠나는 생명들이 있다
  그렇게 떠나는 생명들은 어디로 가서
  이 세상을 그리워하게 되는지 알 수 없다
  이사를 오기 전 동네에서 다니던 불가마에
  다시 한 번 가 보고 싶은 것처럼…….

노인과 불나방

벽면에 곰팡이가 번지고
구석마다 먼지가 쌓여 있으며
쾌쾌한 냄새가 가득한 방
사경을 헤매는 노인의 독거방에서
색깔과 무늬가 화려한 불나방 한 마리가
밖으로 날아 나갈 출구를 못 찾고 파닥거린다
지난밤 깜박대던 불빛에 이끌려서 들어온 입
구를 기억하지 못한다
그 입구를 알 수 있으면 암울한 방을 벗어나
아침이 밝아오는 밖으로 날아갈 수 있으련만
쉼 없이 유리창에 부딪치는 날개가 아프다
노인의 독거방으로 날아든 불나방 한 마리
지치도록 날개를 파닥거려 보지만
바깥으로 날아 나가지 못하는 것
아직도 노인의 목숨이 붙어 있기 때문이다.

후편

찔레꽃

옆으로 지나가는 사람의 눈길을 끄는 길가의
찔레꽃
과거와 현재의 가로막에 뚫려 있는 작은 구멍
이다
그 구멍으로 고향이 들여다보인다
양지바른 뒷동산 자락의 초가마을
삼십여 호 집집마다 전설이 익고
마을 앞 연못에 떠돌던 수초는
잔물결에 실려서 끝없이 살랑거렸다
옹달샘보다 맑은 하늘에 솔개가 맴돌면
노란 병아리들이 개나리꽃 그늘로 숨어들고
갓뻔덕의 노송 아래 내다 매인 소 울음에
이집 저집의 쫑과 메리들이 짖어댔다
감꽃이 떨어지던 감나무 아래의 아궁이에
들일에서 돌아온 어머니가 불을 지피면
보리밥이 뜸 들던 솥에서 김이 오르고

돼지우리에서 바크셔가 꿀꿀거렸다
아랫동네 병수 아제가 장가간다는 소문은
이태 전부터 온 동네를 설레게 했고
간밤에 이장댁 며느리가 출산했다는 말이
들국화 꽃잎에 맺힌 이슬처럼 빛났지만
부산과 마산으로 이사를 간다던 동무들의 자
랑에
나 혼자 뒷동산에 올라가 풀피리를 불었다
객지 변두리 길가에 피어 있는 찔레꽃 향기는
옛 고향이 그리워 서러운 떠돌이의 눈물이다.

추억의 모반(母盤)

　내 고향의 무명산無名山 자락에
　머잖아 아파트가 들어설 예정이란다
　내 어렸을 때 동무들과 어울려 놀던 뻔덕
　새끼공놀이와 자치기를 하면서 풀뿌리가 마르
도록 뛰놀고
　달밤이면 편을 갈라서 점수뺏기의 놀이로 유
령을 뒤쫓아 달리기도 하며
　왕릉 같은 무덤에서 엉덩이가 새파랗게 물들
도록 미끄럼을 타던 곳이다
　한여름 밤에는 동네 형들의 노랫소리가 메아
리쳤으며
　추석에는 노송가지에 매달리던 그네를 타고
　동산에 떠오르던 둥근 달 속의 토끼를 잡으려
고 뛰어들었다
　날마다 소 먹이러 오가며 메뚜기를 뒤쫓던 뻔
덕에

해마다 추억이 삐삐처럼 피어나던 그곳은
객지에서 반평생을 떠돌던 삶을 지탱해 온
향수를 달래 주던 추억의 모반母盤이다
내 고향 산자락의 갓뻔덕에
아파트가 들어선다는 풍문이 들려오는 날
TV 화면에 도로가 움푹 패어 있는 싱크홀 뉴
스가 들린다.

초등학교 동문회 소식지

고향의 초등학교 전교생이 삼십칠 명이라고
한다

내가 다니던 때에는 한 학년의 학생 수만으로
도 두 배가 넘었다

당시의 목조건물이었던 교사가 벽돌건물로 바
뀌어 있었다

어느 겨울날 내 스케토를 만들려고

아무도 모르게 창틀의 철사를 뽑아 버려서

이후로 여닫을 때마다 삐꺽거리던 창문은 보
이지 않았다

오십여 년 만에 처음으로 받아 본 초등학교 동
문회 소식지

표지사진의 교정에서 옛 모습은 찾아볼 수 없
었지만

그 시절 운동장에 뛰놀던 아이들의 모습이 아
른거리고 있었다

지금은 부산과 창원 등지로 흩어져서 잘살고 있다는 코흘리개들.

추어탕

　추어탕은 추억탕이다. 오늘 점심으로 추어탕을 먹을 때 옛 고향마을 나락이 자라던 논배미의 뒷도랑에서 미꾸라지를 잡던 아부지의 모습이 떠올랐다. 잠방이를 허벅지까지 걷어 올리고 첨벙거린 도랑에서 들어 올린 댓소쿠리에서 한두 마리의 미꾸라지들이 꿈틀댔다. 내가 들고 서 있던 양동이에 미꾸라지를 옮기며 흙탕물이 튄 자국투성이의 까만 얼굴로 미소를 짓던 모습, 집 마당 가운데 솥을 걸어서 푸성귀를 쓸어 넣고 아부지가 잡은 미꾸라지로 탕을 끓이던 옴마의 그리움까지 더해서 오늘 점심때 추어탕을 먹던 내 이마에 땀방울로 송송 배 나왔다. 그때의 재핏가루 맛까지 그리워서 숟가락으로 식탁 위의 산초가루를 추어탕 속으로 자꾸자꾸 퍼 넣었다.

효자손

등긁개를 볼 때마다
타국에 살고 있는 아들이 생각난다
내 손이 닿지 않은 등이 가려울 때
방문의 기둥이나
옷장의 모서리에 기대어
등을 대고 비벼 보다가
그래도 시원치 않아
여기저기를 뒤져서 찾아내는 등긁개
예전에 내 등을 긁어 주던
어린 아들의 고사리손을 닮았다
이제 그는 다 자라서 살 길을 찾아
타국의 어디인지도 알 수 없는 곳에 가 있다
내 손이 닿지 않은 가려운 곳을 긁어 준
효자손의 손톱을 바라보는 눈 꼬리가 시큰거
린다.

등이 간지러운 이유

무엇이든지 결과물에는 원인적인 동기가 내포
돼 있다
인간도 결과적인 존재이다
그에게 생명과 사랑이 내재해 있다
부모의 생명과 사랑이 원인적인 동기이다
양심의 동기는 무엇인지 알 수 없다
본래 그것은 인간의 것이 아니다
그것이 인간의 것이라면
양심의 가책이라는 말은 있을 수 없다
복날에 삼계탕을 먹으며
아침에 새벽잠을 깨우던 뻐꾸기의 울음소리를
떠올렸다
내 양심이 부화하려는가
자꾸만 등이 간지럽다.

컴퓨터의 본체

내 컴퓨터의 본체는 책상 아래 놓여 있다
책상 위에는 모니터와 자판 그리고 마우스가
올라와 있다
가끔씩 시를 쓸 때에는
책상 위에 놓여 있는 자판을 두들기면서
모니터에 글자를 입력한다
마우스를 움직여서 행을 바꾼다
책상 아래 놓여 있는 본체는 파워버튼을 누를
뿐이다
컴퓨터는 본체 모니터 자판과 마우스로 어우
러져 있지만
내 컴퓨터는 책상 위에 놓여 있는
모니터와 자판 그리고 마우스가 전부이다
책상 아래 놓여 있는 본체는 보이지 않는다
그렇게 보이지 않는 본체의 파워버튼을 누르
지 않으면

아무리 자판을 두들겨 봐도
모니터에 글자가 입력되지 않는다
마우스를 움직여도 소용이 없다
책상 아래 놓여 있어서 보이지 않은 본체가
책상 위에 놓여 있는 컴퓨터의 영혼이다
그것에 모든 프로그램이 내장돼 있다
책상 위의 모니터와 자판 혹은 마우스를 교체
하더라도 바뀌는 것은 없지만
책상 아래 보이지 않게 놓여 있는 본체를 교체
하면 모든 것이 달라져 버린다
내 영혼도 어디에 놓여 있는지 보이지 않는다
그 파워버튼을 눌러야 하는데…….

나의 삶

내가 비정규직 사원으로 근무하는 회사의 직원들과 점심을 함께 먹는 자리에서 국장님이 나에게 몸무게가 얼마나 되느냐고 물었다. 나는 사실대로 대답하지 못하고 몇 그램을 부풀려서 대답했다. 그래도 국장님은 내 몸무게가 너무 적게 나가는 것 아니냐며 반문했다. 실장님은 자신보다 십 킬로그램이나 적다고 말했다.

내가 지친 몸으로 퇴근하고 월셋방으로 돌아오면서 운전하던 경차가 흔들렸다. 버스나 화물차와 같은 대형 차량이 옆으로 지나갈 때에는 불안했다. 내 차의 바퀴가 도로의 바닥에 밀착되지 못하고 구르고 있었기 때문이다. 마치 차체가 길 위에 떠 있는 상태에서 미끄러지고 있는 느낌이었다. 내일부터 트렁크에 무거운 돌덩이라도 하나쯤 싣고 다녀야 할 것인가?

사욕의 목줄

치와와의 목줄을 붙잡은 주인이 엘리베이터
안으로 들어가고
그 개는 바깥에서 어리둥절하고 있는 사이에
엘리베이터의 문이 닫혀 버렸다
방금 엘리베이터에서 나온 거구의 남자에 가
려서
주인이 엘리베이터 안으로 들어가는 것을
그 개는 보지 못했다
엘리베이터가 올라가려는 순간에
거구의 남자가 개의 목줄을 잡아당겼다
그 남자가 개의 목숨을 건졌다
그가 개의 목줄을 잡아당기지 않았다면
엘리베이터는 문이 닫힌 채 올라갔을 것이고
개도 목줄에 매인 채 끌려 올라가서 즉사했을
것이다
내 헛된 욕심의 목줄을 잡아당겨 줄 사람은 없

는가?

  운명이 욕심의 목줄을 쥐고 들어간 엘리베이터의 문이 닫히고

  지금 나는 그 목줄에 끌려 올라가며 몸부림을 치고 있다.

암생충(暗生蟲)

인터넷으로 구입한 중고 세탁기가
두 달 만에 고장이 나서 못 쓰게 됐다
어쩔 수 없이 새 세탁기를 샀다
예상보다 비싸지 않았다
처음부터 새 것을 샀더라면
돈을 낭비하지 않았을 것이고
엘리베이터가 없는 건물의
지옥보다 낮은 곳에 있는 방까지
죽을힘을 다해서 옮기지 않아도 됐을 것이다
여태껏 새 세탁기를 사 쓰는 사람들은
다른 세상의 사람들이라고 생각했다
지금까지 그들과 나는 다른 계층에서 살았다
지상에 꽃이 피고 새들이 지저귀는 봄날에도
땅 밑에서는 벌레들이 서로의 꼬리를 잘라 먹
으며 생존한다
땅 위로 고개를 내밀어 본 암생충 한 마리

태양 빛에 두 눈이 멀어 버렸다
땅 속보다 더 깜깜한 세상이다.

택배원

택배원은 시간에 쫓기는 무뢰한이다
내가 이사를 온 집에 세탁기가 필요해서
인터넷으로 중고의 드럼 세탁기를 주문했다
며칠 후 택배원으로부터 전화가 걸려 왔다
집에 택배를 받을 사람이 있느냐고⋯⋯
배달돼 온 세탁기가 대형이었다
택배원과 내가 2층으로 옮길 수 있을 것 같지
않았다
택배원은 그것을 반송하고 다른 세탁기를 주
문하라고 말했다
세탁기가 들어갈 화장실의 문도 충분한 넓이
가 되지 못했다
그 세탁기를 차량에서 내려 보지도 않고 반송
하고
다른 세탁기를 주문했다
사흘 후 배달돼 온 공기방울 세탁기는

지난번의 드럼 세탁기보다 작아 보였지만
그 무게는 차이가 없을 것 같았다
그것을 젊은 택배원과 내가 2층까지 옮기느라
고 죽을힘을 다했다
택배원은 시간이 없다면서
계단을 중간도 못 올라가 기진맥진한 나에게
그만 쉬고 빨리 옮겨야 한다고 재촉했다
겨우 화장실에 그 세탁기를 들여 놓고
나는 한 사흘 몸살을 앓았다.

시계

시계는 끝없이 돌아가고 있는 맷돌이다
전설 속 마귀할멈이 삼 중 맷돌을 돌리며
내 속에 불어터진 생生알을 대조리로 건져서
숫자판 위에 돌아가는 시계바늘들 사이로 부
어 넣는다
이따금 들려오는 산새들의 지저귐에 지칠 줄
모르고
마귀할멈은 쉼 없이 맷돌을 돌리고 있다
그 맷돌이 갈아 내는 희뿌연 가루는
송홧가루를 날리는 바람에 흩어지고
아무런 흔적도 남지 않는다
날마다 나는 비어 가는 독단지이다.

내 과거

어제 무엇을 했는지 모르겠다
잘 기억이 나지 않는다
성에 낀 창밖에 휘날리던 눈송이를 본 것이
어제였는지, 오늘 아침나절이었는지가 분명하
지 않다
내 과거의 기억은
온수 파이프가 바닥의 절반만 깔려 있었던 방
소요산 역전마을의 구옥에서 동태로 지냈던
지난겨울뿐이다
다른 모든 기억은 해빙된 봄물처럼 흘러가 버
렸다
매주 일요일 저녁의 습관처럼
조금 전 전화로 목소리를 들을 수 있었던 이국
의 아내는
원시림의 옹달샘에서 헤엄치는 빙어다
최근에 건강한 목소리를 들을 수 있었다던 객

지의 아들은

옹달샘의 가장자리로 얼어붙는 살얼음이다.

참회의 념(念)

하루 중 내 맘대로 쓸 수 있는 시간은 세 시간
밖에 안 된다
새벽마다 새 소리 때문에 잠깨어 화장실에 가
서 똥 누고 세수하고 밥을 해먹는 데 한 시간 반
이 걸린다
아침에 회사에 출근해서 퇴근할 때까지는 일
에 얽매인다
저녁 여덟 시쯤에 퇴근해서 샤워하고 한 시간
반가량 책을 읽거나 텔레비전을 본다
그리고 열 시쯤에 잠들면 하루가 끝난다
그렇게 아침과 저녁으로 한 시간 반 정도씩
하루에 세 시간밖에 나에게 허락되지 않는다
고 한다면
십 년을 더 산다고 하더라도 천구십오 시간,
사십오 일, 한 달 보름밖에 못 산다는 계산이다
내 여생이 그만큼밖에 안 남아 있다면

내일부터 어떻게 살아야 할 것인가?

　날마다 목욕을 하더라도

　철따라 오색 꽃을 피워 올리는 흙속에 두 다리
를 뻗고 눕기에 추할 것이고

　화장터의 굴뚝에 연기로 피어오르더라도

　하늘에 떠 가는 구름에 부끄러울 것이다

　날마다 표백제라도 한 움큼씩을 마시면

　그토록 얼룩덜룩한 내 부끄러움이 지워질 수
있을랑가?

고양이를 위한 참회

환갑이 지나도록 월셋방을 전전하는 신세지만
언제 어디든지 정착할 수 있는 날이 오면
고양이 한 마리를 키우며 호강시켜 주고 싶다
지난날 처자식들과 살던 시골집에서
길고양이를 길들여 키워 본 적이 있다
그것이 자라서 새끼를 다섯 마리나 낳았을 때
집 안이 온통 그들의 천지가 될 것 같아서
네 마리를 눈도 뜨기 전에 갖다 버리고
한 마리만을 남겨서 키웠다
이후로 고양이가 보일 때
텔레비전 화면에서도 그 모습이 보일 때마다
그때의 내 죄를 참회한다
결코 양어깨에서 내려놓을 수 없는 죄책감에
고양이 한 마리쯤 호강시켜 줄 수 있을 날을
소망하지만
어디에도 머물지 못하는 역마살이다.

바보

내 입속으로 들어가는 살구가 바보의 입 속으로 들어간다고 쟁반에 남아 있는 살구들을 대해서 부끄러워한다

단단한 씨는 절대로 들어가지 않겠다고 입 밖으로 떨어져서 탁자 위에 뒹군다

그 사정을 알지 못하는 바보는 살구가 맛있다며 우적거린다

차라리 아무것도 모르는 사람의 입 속으로 들어가면 덜 부끄러울 것이라는 살구의 안색이다

지난봄에 바보는 살구꽃을 매화꽃이라고 찬양했다

오늘 시골의 선배가 수확하여 보내 준 살구를 먹고 인터넷으로 검색해 보고서야

지난 사월에 휘날리던 눈보라 속에 피어 있던 그 하얀 꽃은 설중매가 아니라 살구꽃이었음을 알게 된다.

어떤 서러움

몸이 아플 때 혼자 사는 서러움이 더한다
왜 감기에 걸렸는지 모르겠다
개도 안 걸린다는 오뉴월 감기다
달빛 아래 논개구리들의 합창이 듣기 좋아서
지난 밤 창문을 열어 두고 잠든 탓일까
하루 종일 몸이 나른하고
머릿속에는 미열이 끓고
콧물을 훔치는 휴지가 사방에 흩어진다
현기증으로 쓰러지기라도 하면 어떡하지?
전화를 할 만한 이름이 떠오르지 않는다
따끈한 생강차를 마시고 싶어도 생각뿐이다
이럴 때 옆에서 감기약을 챙겨 주며
빨리 먹고 푹 자야 한다고 재촉하는 목소리가
그리운 서러움에 눈시울이 젖는다.

핏줄

십 년도 넘게 연락을 끊고 살았던 고향의 동생이 몇 시간 동안 차를 운전하여 찾아와 봤지만, 내가 이사를 한 바람에 만나지 못하고 돌아갔다는 문자를 휴대폰으로 보내 왔다. 나는 답신을 보내지 못하고 모른 척했다. 그동안 곁눈질할 수 있는 여유가 없이 앞만 보고 살아오느라고 형제간에도 연락을 끊고 살았는데, 여전히 나는 달라진 것이 없다. 그래서 동생이 보내 온 문자에 답신하지 못하고 모른 척했지만, 가슴 속에 미열 덩어리가 엉기는 것 같은 느낌은 어쩔 수 없었다. 아무리 속마음까지 털어 놓을 수 있는 관계라고 하더라도 다른 사람이 보내 온 문자였다면 아무런 감정도 없었을 것이다. 같은 부모로부터 이어받은 형제의 핏줄에 흐르고 있는 핏방울끼리 가까워지거나 멀어질 때마다 텐션의 강약이 정감으로 전달되는 조화를 알 수 없다. 그렇게 핏줄에는 어쩔 수 없는 인연이 흐르고 있다.
타국에서 신문배달원으로 알바를 하고 있다는
아들이 보고 싶다.

우리 가족

아직 결혼적령기가 안 된 아들의 아들딸
손자와 손녀를 돌보는 것이 아내의 꿈이다
그때까지 살 수 있으려면 건강해야 된다고
수명이 다된 기계처럼 골골거리는 나에게 성
화다
제대로 아비의 노릇을 못 한 나에게는 과분한
꿈이다
그렇게 나와 아내의 꿈은 다르다
아들의 생각도 다르다
부모의 꿈 따위는 안중에도 없다
맨주먹으로 살아가야 할 미래의 불안뿐이다
나는 나대로
아내는 아내대로
아들은 아들대로 꿈이 다른 가족은
한 지붕 아래서 살 수 있는 둥지가 없다.

아무리 그렇더라도

지금 너는 어디에 있는 것이냐?
대한민국 경기도 가평군 설악면 한갑골
운 좋게 전원주택 2층 방을 월세로 빌려
주위의 숲에서 철새들이 지저귀는 소리를 들
으며
컴퓨터 앞에 앉아 트위터의 팔로우로 등록한
미국 대통령과 일본 수상의 트윗을 확인하고
북한의 핵 폐기와 관련된 뉴스보다
영국 왕자의 결혼식 뉴스부터 체크하는
너는 어느 나라에 살고 있는 사람이냐?
텔레비전을 볼 수 있는 여유가 있을 때에도
미국 영화를 보고
일본 NHK 방송을 청취하는
너는 어느 나라의 국민인 것이냐?
오늘날 국경이 무의미한 지구촌시대라고
인터넷을 통하여 무국적인으로 살고 있다고

네 국적을 물어보는 사람을 편협하다고 비웃
지 말라
이 땅에서 아등바등 살아가는 사람들처럼
가정을 꾸리고 자식을 양육할 수 있는 자신감
이 없어서
일찍부터 처자식을 이국에 버려두고
이 땅에 너 혼자 떨어져 살고 있다고
네 자신을 정신적인 망명자라고 착각하느냐?
그래서 이 땅에 마음을 둘 곳이 없어서
하루하루 하늘에 떠도는 구름같이
유유히 흘러가는 북한강 강물처럼
계곡에 메아리치는 뻐꾸기 소리마냥 허허로울
수 있는 것이냐?
아무리 그렇더라도 네 골수에 조상들의 정서
가 흐르고
값싼 수입쌀로 밥을 해먹고

중국산 야채로 반찬을 만들어 먹으며 살고 있
더라도

아무리 그렇더라도 네 핏줄에는 한민족의 피
가 흐르고 있지 않은가.

내가 이상해진 이유

어제 아침에 출근해서 노천주차장에 차를 주
차해 놓고 엔진을 끄지 않았다
퇴근할 때까지 엔진이 가동되고 있었다
연료 게이지에 연료부족 경고등이 깜박거렸다
한낮의 기온이 삼십 도 이상으로 올라갔으면
차가 폭발해 버렸을지 모른다
종일토록 비가 오락가락한 것이 다행이었다
저녁에 내 차에 동승해서 퇴근한 직원이
오늘 아침에 출근하자마자 회사에 소문을 퍼
뜨렸다
오늘은 점심을 함께 먹은 사원들과 산책할 때
나 혼자 우산을 준비했다
하늘에 비구름이 덮여 있었지만
다른 사원들은 우산을 준비하지 않았다
어제부터 내가 이상해졌다고 동료가 말했다
나는 회사의 일 때문이라고 핑계를 댔다

실제로 요즘에 내 일이 부진하지만

어제부터 내가 이상해진 진짜의 이유는 그것
이 아니다

이태 만에 아내가 살고 있는 오키나와에 갔다
올 수 있는 항공권을 엊그제 예매했다

아직 두 달 반이나 남아 있는 추석연휴에

여름휴가를 포함시키고 개천절까지 쉴 수 있
어서 십이 일 동안 갔다 올 수 있다

오늘 저녁에는 퇴근 후 청평호의 강변도로
를 드라이브하다가

도로의 중앙에 서 있던 시선유도등을 들이받
았다

그것도 장맛비가 내리고 있었던 까닭만은 아
니었다.

어감

오늘 점심때 '장모집'에서 순대국을 먹었다
그 시골풍 집의 순대국은 맛있었지만
입구의 간판에 위화감을 느꼈다
내 아내가 일본 여자이기 때문에
나는 장모님이라고 불러 본 적이 없다
어떤 사람이든지 장모와 사위의 관계가
말이 다르다고 해서 다를 리 없겠지만
'장모님'과 '오카상'의 어감은 같지 않다
오늘 순대국을 먹은 식당집의 간판에서
어감의 색다른 맛을 곰곰이 씹어 보았다
얼큰한 맛이 입안에서 오랫동안 감돌았다.

이름

밥을 먹으며 고등어무조림의 살을 발라내는
젓가락을 쥐고 있는 오른손이 엄숙하다
초등어가 아니고
중등어도 아닌 고등어이기 때문이다
높은 자리에 있는 사람과 악수하는 느낌이다
사람도 이름이 품격이다
태복과 귀자는 태복과 귀자이고
맹이와 말숙은 맹이와 말숙이다
이름이 품격이 못 되는 사람도 있다
지난 번 살았던 소요산 구옥에서
철학관을 하던 스님의 속명이 갑수였고
칡즙장사 노인의 이름은 태길이었다
내 월셋방의 보증금을 오십만 원이나 떼먹은
공인중개사의 성명은 홍광익이었다
누구든지 제 이름대로 되기가 쉽지 않다
내 필명은 신길우이다

새봄에 싹을 틔우고 꽃을 피우는 비
그런 봄비 같은 여생이 되기를 희망하지만
하루하루 사막 위로 불어 가는 바람일 뿐이다
무조림의 고등어가 이름에 걸맞게 감칠맛이다
양념장이 밴 무의 맛까지 고품격이다.

내 이름

오랜만에 만난 지인의 명함을 받았다
사람은 예전의 모습 그대로인데
명함에 새겨진 이름이 다르다
누구의 이름인가를 물어보니
최근에 개명했다고 한다
여태껏 살아 온 팔자를 바꿔 보고 싶었단다
세월이 흐르면 이름조차 역겨워지는가
문득 내 이름에서 곰팡내가 난다
그 냄새가 체취보다 더 살갑다.

내 책을 구입한 날

지금까지 서점에서 책을 살 때마다 저자와의
만남에 가슴 설렜다
소설책을 읽으며 주인공의 안타까운 사정에
애달팠고
시집을 읽으며 어디선가 벽돌담이 무너지는
소리를 들었다
내 무지를 깨우치던 회초리 같은 책을 읽었고
앞길을 밝혀 주던 등불 같은 책도 읽었다
지금까지 한 트럭 정도의 책을 읽었다
사람이 책을 만들고 책이 사람을 만든다는 말
처럼
나도 책으로 만들어지다 만 사람이다
오늘은 내가 나를 만났다
교보문고의 판매대 아래 숨겨 놓은 듯
사람들의 눈에 띄지 않게 꽂혀 있었지만
매장 전체를 환하게 밝혀 주고 있던

내 단편소설집을 구입했다

내가 쓰고 교정하고 편집하고 표지까지 디자인해서

처음으로 묶어 본 단편집이다

무과목無科木이 첫 열매를 맺은 것보다

더 많은 세월이 걸려서 만들어진 책이다

내 책을 구입해서 종이봉투에 담고

가슴을 두근거리며 집으로 돌아올 때에는

화려한 빛깔의 무지개를 건너서 왔다.

내 마음

나에게 보이지 않은 마음이 있다는 것
오른쪽과 왼쪽의 두 눈이 증거한다
얼굴 양쪽의 두 눈이 별개의 것이지만
무엇을 바라볼 때에는 동시에 움직인다
오른쪽 눈이 동쪽을 바라보는데
왼쪽 눈은 서쪽을 보거나
오른쪽 눈이 구름을 쳐다보는데
왼쪽 눈은 강물을 내려다보지 않고
항상 두 눈이 똑 같은 방향을 지향한다
두 눈이 같은 방향으로 움직이는 것
나에게 보이지 않은 마음이 있기 때문이다
그 힘이 두 눈을 같은 방향으로 움직이게 한다
하지만 그 마음의 힘은 너무나 미약하여
허공에 떠도는 민들레홀씨도 붙잡지 못하고
모래 한 알조차 들어 올리지 못한다
마치 없는 것처럼 보잘것없는 내 마음은

거인을 무서워하는 난장이처럼 세상이 두려워
언제나 바람의 동굴 속에 숨어서 살고 있다.

휴대폰

휴대폰이 내 머리이다
가족의 연락처
가끔씩 보고 싶은 사람의 사진
최근에 이사를 온 집의 주소
저녁에 마트에 들러서 사야 할 쌀과 계란 등의
목록까지
휴대폰에 기억돼 있다
내 머리 속에는 아무것도 없다
터엉 비었다
어디든지 내가 찾아가야 할 길도
휴대폰 속으로 나 있다
휴대폰이 내 자신이다
나는 허깨비이다
내 머리를 호주머니에 넣고 다니거나
월셋방에 두고 나다닐 경우도 많다
그럴 때에는 연락이 되지 않더라고

드물게 전화를 해 준 사람으로부터 핀잔을 듣
는다
　가끔씩 내가 나를 잃어버리고
　넋이 나간 얼빠진 목석이 되기도 한다.

오십견

　주로 오십 대에 발병한다는 오십견을
　나는 환갑을 지나서 앓았다
　그동안 시지프스의 바윗덩이를 둘러메고 살아
온 삶도 가벼웠던 것인가
　처음에는 오십견인 줄 모른 채 왼쪽 팔을 들어
올리기가 불편했다
　아침에 세수를 할 때 양손으로 얼굴을 씻을 수
없었다
　상의를 입거나 벗기가 어려웠고
　시내버스를 탈 때 손잡이를 잡지 못해서 넘어
지기도 했다
　지난겨울이 시작되면서 동반된 통증으로
　길고 긴 추운 밤에 잠 못 들어
　침대 위에 우두커니 앉아 한숨을 쉬기도 했다
　물파스를 바르거나 파스를 붙여 봐도
　바늘로 찌르는 것 같은 통증은 가시지 않았다

참다못해 찾아간 병원에서 주사를 맞고 처방
해 준 약을 먹어도
　별다른 효과가 있는 것 같지 않았다
　그렇게 영원히 끝나지 않을 것 같았던
　겨울이 지나고 해빙되기 시작한 날씨 탓인지
　조금씩 통증이 완화되기 시작했다
　삼월이 지나고 봄기운이 완연해지자
　차츰 왼팔이 진달래 꽃가지처럼 하늘로 향할
수 있게 됐다
　이후의 여생이 아무리 무거울지라도
　그토록 내 어깨를 짓누르는 것은 없을 것이다
　아직도 약간의 통증이 남아 있는 어깨 위
　한 잎의 낙화가 위로처럼 떨어져 내린다.

피로감

낮잠을 깨고 커피 한 잔을 마시고 싶어 일어나
고 싶은데
그대로 침대 위에 누운 채 창밖의 풍경을 바라
보고만 있다
비구름들 사이로 간간이 비치는 햇살
숲속에서 들려오는 휘파람새 소리
창문을 화살처럼 스쳐가는 참새들……
커피를 마시고 싶어도 일어나지 못한다
이대로 침대 위에 누워 있고 싶은 생각
일어나서 커피 한 잔을 마시고 싶은 생각이
갈등이라는 단어를 사이에 두고 힘겨루기이다
두 생각의 힘겨루기가 쉽게 끝나지 않는 것은
바람보다 가벼운 일상의 피곤함 때문이다
날마다 양어깨를 뭉치게 하는 돌덩이도
잠시 내려놓으면 돌풍의 덩어리일 뿐이다
이 돌풍이 풀리면 푸른 리본이 될 수 있을까?

양갱

　지금까지 나는 양갱을 노인들이 먹는 것이라
고 쳐다보지도 않았다
　오늘 그것을 나에게 사 준 사람이 있었다
　맛있게 먹고 인터넷으로 검색해 봤다
　옛 중국에서 고기와 피 등을 선지처럼 굳혀서
먹던 것을
　스님들이 팥을 넣고 졸여 만들어 먹기 시작한
것이라고 한다
　한국에서는 광복 후 일본인 공장주가 버리고
간 양갱공장을 인수하여 만들기 시작한 최장수
제과류 중의 하나란다
　포장을 뜯기 어렵고 지나치게 강한 단맛이 있
지만
　열량이 높고 비타민도 많기 때문에 스태미나
의 유지에 좋아서
　운동선수들 중에는 초코바보다 더 높이 평가

하는 사람도 있단다

　초등학교에 다닐 때 할머니가 사 주던 것을 먹
어 본 이후로 쳐다보지도 않았던 양갱을

　이제부터 가끔씩 사 먹어 보고 싶은 생각이 든
다

　이제는 정말로 나도 늙었는갑다.

자동차

당연한 말이지만 자동차가 매우 편리하다
웬만한 곳이면 지하철과 시내버스로 오갈 수
있었던 서울에 살다가
경기도 가평군 설악면으로 이사를 오니까
차가 없으면 마트에도 가기가 힘들어졌다
자꾸만 하루하루가 짧아지는 것 같은 환갑을
지난 나이에
어쩔 수 없이 운전을 배우고 소형 중고차 한
대를 샀다
마트에서 무거운 쇼핑봉투를 양손으로 번갈아
들면서
이십 분 이상을 걸었던 월셋방까지
이제는 오 분도 안 걸리게 됐다
목욕을 하고 싶은 날이면 읍내의 사우나에도
갔다 올 수 있다
머잖아 고속도로를 달려서 남이섬에 가 보고

춘천에도 가 보리라

　이전에는 생각조차 해 보지 못한 먼 곳도 몇 시간이면 가 볼 수 있을 것이다

　이제는 내 생이 끝나는 날까지도 시간이 많이 걸리지 않을 것 같다

　창밖의 마당가에 조그만 상여 하나가 운구를 기다리고 있다.

우주장

  딸의 영정사진을 무릎 위에 받쳐 들고 걸상에
앉아 있는 아비
  텔레비전 모니터 앞에서 로켓이 발사되는 화
면을 바라보고 있다
  딸의 유골이 든 캡슐을 실은 로켓이 발사대를
박차고 하늘로 치솟는다
  거대한 화염에 아비의 속은 새까맣게 타 버린
다
  그의 입 밖으로 말이 되지 못하는 넋이 자음과
모음으로 흩어진다
  ㄹㅏㄸㅡㅣㅇㅅㄱㅓㄴㅣㅇ
  ㅁㅏㅂㅏㅎㄹㅡㄴㄹㅕㅂㅣㅇㅗㅐㄷ
  ㅏㅇㅏㅃㄹㅡㄹㅣㅈㅕㅋㄹㅜㅈㅅㅓㄱㅂㅣㅇ
ㅣㄴㅏㄷ……

새해맞이

　우편으로 배달되는 연하장은 언감생심

　모바일 연하장도 보내 주는 이 없는 연말연시

가 지나고

　내 인스턴트 메신저의 프로필 이미지를 울티

마 툴레로 바꿨다

　NASA가 쏘아올린 무인 탐사선 뉴호라이즌스

호가

　초속 십오 킬로미터의 속력으로 십삼 년 동안

날아가

　삼천삼백 킬로미터까지 접근하여 촬영해서 보

내 왔다는 이미지

　지금껏 인류가 볼 수 있었던 천체의 이미지들

중 가장 멀리 떨어져 있는 것

　태양보다 사십 배 더 먼 곳

　지구로부터 육십오억 킬로미터나 떨어져 있다

는 눈사람

이미 누구의 기억에도 남아 있지 않고 지워져
버린 나보다 행복했다
　나는 올해의 신년을 수년 전 명왕성이 건너간
카이퍼밸트의 저편에서 맞이했다.

유폐

열쇠꽂힌채
열리지않는문짝
해방의갈망

현실과 언어
谷川俊太郎

　지금까지 나에게는 시에 대한 믿음이 없었고, 이후에도 없을 것이다. 만약 시에 믿을 수 있는 것이 있다고 하더라도 시 이외의 어떤 것이지 그 자체는 아니다. 그것은 나에게 있어서 불쾌한 사실이다. 나는 시인이니까 시를 믿고 싶어 하게 돼 있다. 그렇게 시를 믿고 싶은 마음이 시를 쓰게 만들고, 또한 시를 한 편 한 편 씀으로써 시를 믿고 싶어 하게 된다. 그러나 나는 한 번도 시를 믿고 싶은 생각이 없었다.

　또 나는 시에 빠져 본 적이 없고, 이후에도 그런 일은 없을 것이다. 나는 어떨결에 시인이 됐다. 부끄럽지만, 시인이 되고 싶어서 된 것은 아니다. 아직도 나는 산업디자인에 관심이 많다. 누구든지 좋아하는 일로써 호구지책으로 삼기는 쉽지 않은데, 10년쯤 시를 쓰다 보니까 어쭙잖은 긍지나 자신감은 있게 되었다. 그러나 시와 적당한 거리를 두려고 생각한다.

정말로 내가 시에 대하여 문제시하는 것은 반드시 시가 돼야 할 필요는 없다고 하는 언뜻 생각하기에 이상한 확신이 있다는 것이다. 내가 가장 중요하게 생각하는 것은 삶과 언어의 관계이다. 여기서 나는 시라고 하는 말의 위험성에 대해서 언급하고 싶다. 시인에게 있어서 시라는 말은 결승점이고 이상이며, 심지어 신이기도 하다. 동시에 마약이고 악마이며, 때로는 그의 죽음도 된다는 것을 잊지 말아야 할 것이다. 굳이 내가 삶과 언어의 관계라는 말을 꺼낸 것은 시를 초월하는 어떤 것을 생각하기 때문이다.

본래 시는 언어를 초월하는 것이 아니지만 언어가 아닌 곳에 존재할지도 모른다. 그러나 시가 언어로 표현된 이상에는 그 이상의 무엇도 아니다. 내 멋대로의 상상이지만, 프레베르가 시집의 제목을 빠롤(Parole)이라고 정했을 때 기대한 것은 언어일 뿐 시 자체는 아니라는 사실을 알고 있지 않았을까? 그는 사람들과 소통하는 언어를 추구한 것에 지나지 않았을 것이다.

나도 언어를 추구한다. 나에게는 그 표현이 시는 아니라도 무방하다. 그것이 주문, 산문, 잡소리, 구호, 때로는 침묵이라도 상관이 없다. 어차

피 언어에 절망할 수밖에 없다면, 나는 스케치를 공부해 볼 생각이다. 내 자신의 표현을 위하여 언어를 탐색하지는 않는다. 인간들과 연결고리로서의 언어를 찾고 있는 것이다.

이렇게 내가 시를 문제시할 때마다 시 자체로부터 도망을 가게 된다. 나는 시가 아니라도 좋다는 생각을 버릴 수 없다. 그것은 내 자신을 아마추어처럼 보이게 할지도 모른다. 나는 직업으로서의 시인임을 자각하고, 내가 노력한 결과물인 작품의 사회적인 가치에 대해서 신경을 꽤 많이 쓰는 편이다. 그러나 내가 한 사람의 예술가로서가 아니라 인간으로서 생존하고자 할 때 어떤 의미에서는 아마추어임을 인정한다. 내가 시를 위해서는 아주 사소한 것밖에 허용하지 않지만, 삶을 위해서는 모든 것을 허용한다. 시는 언어에 의해서 존재할 수밖에 없고, 그 언어는 삶을 위하여 있는 것이라고 믿기 때문이다.

어느 합평회에서 장미의 시가 문제된 적이 있다. 선배인 F 시인은 그 시를 하찮게 언급하면서 "이 시의 장미보다 우리 집 정원에 있는 장미가 더 낫다."는 식으로 말했다. 그때 나는 당연하다는 듯 "어떤 시에 표현된 장미라고 하더라도 실

제의 장미에는 못 미칩니다."라고 대꾸했다. 그
러자 그 시인은 "그러면 시를 쓰는 의미가 없지
않느냐?"고 말했는데, 뜻밖에도 나는 그 시인과
의 사이에 근본적인 관점의 차이가 있다는 것을
알았다. 나에게 있어서 시의 장미는 언어에 지나
지 않기 때문에 실제의 장미와 닮았더라도 미치
지 못한다. 그것은 향기, 색깔, 무게도 없다. 그
것은 기껏해야 우리의 마음에 호소할 뿐이다. 그
러나 실제의 장미는 우리의 눈앞에, 코끝에, 입
맞출 수 있는 공간에 피어 있다. 그것을 우리는
만지고, 색깔을 감상하고, 그 잎의 무게를 가늠
하고, 향기를 맡을 수 있을 뿐만 아니라 짓밟을
수도 있다. 우리는 마음을 포함하는 모든 감각기
관, 모든 육신, 존재의 모든 것으로 장미를 느낄
수 있다. 그 장미는 실물이지만, 시의 장미는 실
제의 장미와 비교할 때 가짜라고 생각한다.

　실제로 한 송이의 장미는 말이 없지만 릴케의
장미에 대한 어떤 아름다운 시구보다 낫다고 생
각한다. 본래 그처럼 언어는 빈약한 것이다. 장
미에 대한 모든 언어는 실제의 장미가 침묵하기
때문에 있게 되는 것이다. 언어는 장미를 지칭하
며 부르고, 우리에게 그것을 연상시킨다. 때로

는 우리에게 장미에 대하여 깊이 생각하게 만들고, 우리로 하여금 장미를 더욱 가깝게 느낄 수 있게 한다. 그러나 언어가 실제의 장미는 될 수 없고, 그것을 초월할 수도 없다. 오히려 언어는 우리를 장미의 침묵으로 돌려보내기 위해서 있는 것인지도 모른다.

그러면 어떤 언어가 인간과 장미를 연결시킬 수 있는가? 나는 힘 있는 언어를 꿈꾼다. 예를 들면 한 남자를 모욕해서 권총을 뽑아 들고 자살하게 만들 수 있는 언어다. 이미 그것은 시의 언어가 아닐지도 모른다. 무엇보다 먼저 나는 그런 언어를 내 삶에서 찾아내고 싶다. 시극이나 노래는 차후의 문제이다. 지금 나는 언어에 의해서 상처를 입고 피를 흘릴 수 있는 그런 힘 있는 언어를 찾고 있다. 항상 시인은 시를 쓰면서 시를 초월하는 것에 목말라한다. 오히려 시인은 그 목마름으로 인해서 시를 쓰게 되는지도 모른다.

이상은 일본 시인 다니카와 슌타로(1931~　)의 '나에게 있어서 필요한 일탈(私にとって必要な逸脫)'을 번역한 것이다. 이 번역에서는 제목이 '현실과 언어'로 바뀌었음은 물론이고 문장의 구조

와 의미상으로 적지 않은 첨삭이 있었다. 그러나 시인이 독자에게 전하고자 하는 내용을 전달하는 데 부족함이 없는 문장이 되도록 번역하기 위하여 노력했다. 이 글은 시인이 1949년 겨울부터 1951년 봄까지의 작품들 가운데 선별된 시편들이 영어의 번역본과 함께 묶어져 집영사문고에서 2016년 10쇄로 간행한 '20억 광년의 고독'이라는 시집에 수록된 단문이다. 이 글의 말미에 1956년 12월 「시학」에 발표된 글이라는 표기가 있다.

이 글에서 시인은 시 자체보다 현실을 충실하게 표현할 수 있는 힘 있는 언어에 더 관심이 많다고 한다. 예를 들어 시로써 표현되는 장미는 아무리 정교하게 표현된다고 하더라도 현실적인 장미에 미칠 수 없다. 그런 한계를 인식하고, 언어에 의해서 상처를 입고 피를 흘릴 수 있는 힘 있는 언어를 추구한다. 그런 언어를 찾을 수 있다면 그 표현은 시가 아닌 주문, 산문, 잡소리, 구호, 때로는 침묵이라도 상관이 없다고 말한다.

그러나 본 시집 '초록꽃'에 수록된 시편들은 나약하기 그지없는 것들뿐이다. 첫 시편 '휘파람'의 첫 행부터 "늦가을 오후에 둘레길의 비탈길을 오른다/다리에 힘이 없어서 천천히 걷는다"라고 시작한다. 더 나아가 생기를 느끼게 한다는 색깔인 초록으로 충만한 계절에도 푸릇한 두릅을 사다가 냉장고에 넣어 두고 내일이라도 그것을 데쳐서 먹으면 온 몸이 초록으로 물들 것이라도 하지만, 희망으로 표현돼 있다.

회사로 돌아오면서 들른 커피숍 계산대 위에 한 묶음의 두릅이 놓여 있었다
나와 함께 간 사람들이 그것을 사 먹어 보라고 강권했다
나는 못 이기는 척 사 와서 냉장고에 넣어 두었다
내일이라도 그것을 데쳐서 먹으면 온 몸이 초록으로 물들 것이다.
('초록의 계절' 중에서)

그리고 본 시집의 제목이기도 한 '초록꽃'에서는 "초록의 계절에도 초록빛 꽃은 피지 않는다"고 표현돼 있고, 또한 '내 마음'에서는 마치 없는 것처럼 보잘것없는 마음이라고 했다.

마치 없는 것처럼 보잘것없는 내 마음은

거인을 무서워하는 난장이처럼 세상이 두려워

언제나 바람의 동굴 속에 숨어서 살고 있다.

('내 마음' 중에서)

이렇게 본 시집이 나약한 내용의 시편들로써 묶어지게 된 것은 실제로 내 자신이 생기가 없었던 기간에 쓰였기 때문이다. 재작년 겨울에 오십견을 앓으며 고통스럽게 지냈고, 작년 여름에는 오래 전 수술한 치질로 인하여 화장실에서 핏덩이를 쏟은 후 생기를 잃고 병원의 응급실에서 식염수 링거를 맞기도 했다.

지난 겨울이 시작되면서 동반된 통증으로

길고 긴 추운 밤에 잠 못 들어

침대 위에 우두커니 앉아 한숨을 쉬기도 했다

물파스를 바르거나 파스를 붙여 봐도

바늘로 찌르는 것 같은 통증은 가시지 않았다

참다못해 찾아간 병원에서 주사를 맞고 처방해 준 약을
먹어도

별다른 효과가 있는 것 같지 않았다

그렇게 영원히 끝나지 않을 것 같았던

겨울이 지나고 해빙되기 시작한 날씨 탓인지

조금씩 통증이 완화되기 시작했다

('오십견' 중에서)

수년 전 수술한 치질이 재발하여

화장실에서 핏덩이를 쏟았다

아스라해진 원기를 회복해 보려고

노을에 물들어 거닐어 본 숲길

풋밤송이들이 떨어져 뒹굴었다

('지난해 여름의 속삭임' 중에서)

   그러나 젊은 날 풋사랑의 추억과 지금은 일본 오키나와에서 뇌졸중 수술 후 요양 중인 아내에 대한 더 이상 쪼갤 수 없도록 부족하나마 내 가슴 속에 남아 있는 애정만이 생기 잃은 삶의 위안이었다. 진부한 표현이지만, 뒤늦게나마 삶에서 위안이 될 수 있는 것은 사랑밖에 없음을 새삼스럽게 알게 되었다.

한 동료가 나를 어제부터 좀 이상해졌다고 말했다

나는 회사의 일 때문이라고 핑계를 댔다

실제로 요즘에 내 일이 부진하지만

어제부터 내가 이상해진 진짜의 이유는 그것이 아니다

이태 만에 아내가 살고 있는 오키나와에 갔다 올 수 있는
항공권을 엊그제 예매했다

아직 두 달 반이나 남아 있는 추석연휴에

여름휴가를 포함시키고 개천절까지 쉴 수 있어서 십이
일 동안 갔다 올 수 있다

오늘 저녁에는 퇴근한 후 청평호의 강변도로를 드라이
브하다가

도로의 중앙에 서 있던 시선유도등을 들이받았다

그것도 장맛비가 내리고 있었던 까닭만은 아니었다.

('내가 이상해진 이유' 중에서)

항상 침묵하고 있는 현실을 언어로 표현해 보
려고 노력한 보람이 없었던 것은 아니지만, 다니
카와 슌타로의 말처럼 힘 있는 언어가 되지 못한
아쉬움이 적지 않다. 이후로는 내 자신도 현실을
생생하게 표현할 수 있는 힘 있는 언어를 추구해
보고 싶은 희망으로 그동안 나약한 시밖에 쓸 수
없었던 아쉬움을 내려놓고자 본 시집을 묶게 되
었다.